Dieses Mal ist es für immer!

Juergen von Rehberg

Dieses Mal ist es für immer!

**Erstens kommt es anders,
zweitens als man denkt...**

Bibliografische Information der Deutschen National-bibliothek:
Die Deutsche Nationalbibliothek verzeichnet diese Publikation in der Deutschen Nationalbibliografie; detaillierte bibliografische Daten sind im Internet über http://dnb.dnb.de abrufbar.

© *2017 Juergen von Rehberg*

Herstellung und Verlag: BoD – Books on Demand, Norderstedt

ISBN: 978-3-7431-6625-7

Ich bin verliebt! Ich weiß, es ist verrückt. Und ich weiß auch ganz genau, was du sagen willst.

Du hast selber gesagt, dass du...

Ja, ich habe geschworen, dass mir das nie wieder passieren wird. Und jetzt ist es halt passiert; so what.

Alter schützt vor Torheit nicht...

Du musst mir nicht sagen, das ich ein alter Sack bin; das weiß ich selber.

Das habe ich nicht gesagt. Und auch nicht gedacht. Ganz ehrlich.

Und zur Fraktion "AGB" gehöre ich auch nicht!

Wieso allgemeine Geschäftsbedingungen?

Das hat doch nichts mit Allgemeinen Geschäftsbedingungen zu tun, du Ignorant!

Nenne mich bitte nicht einen Ignoranten, weil ich nur "Bahnhof" verstehe...

Mir scheint, du weißt es wirklich nicht...

AGB steht für **A**lter **G**eiler **B**ock.

Danke für die liebevolle Aufklärung deiner abstrusen Abkürzung.

Du willst mir also damit erklären, dass es sich um eine rein platonische Beziehung handelt. Es geht dir überhaupt nicht um Sex...

Was soll das? Natürlich geht es auch um Sex; so alt bin ich nun wirklich nicht. Aber in diesem Fall geht es vordergründig um Liebe; wenn du überhaupt verstehst, was das ist.

Und das willst du mir jetzt ernsthaft einreden. Das glaube ich dir nie und nimmer!

Ich will dir das nicht einreden; das ist Fakt. Es hat mich voll erwischt!

Und wie heißt die Angebetete?

Du willst wissen, wie sie heißt? Warum; du kennst sie ja doch nicht. Du verkehrst nicht in solchen Kreisen.

Oh, entschuldige bitte; daran habe ich gar nicht gedacht. Wie dumm von mir.

Werde bitte nicht zynisch!

Wie hast du das Zauberwesen ohne Namen kennengelernt? Und wo?

An der Universität. Wir haben uns für dieselbe Studiengruppe eingetragen: Deutsche Literatur.

Interessant! Du fährst jetzt die intellektuelle Schiene. Ist das deine neue Masche?

Dein dumme Bemerkung und dein herablassendes Grinsen sagt schon alles.

Was soll denn das schon wieder heißen?

Dass das nicht deine Welt ist. Du bist eben kein Schöngeist.

Aber du bist ein solcher, nehme ich an...

Ja! Ich sehe mich als einen solchen; auch wenn du das nicht glauben magst.

Warum wirst du laut! Habe ich dich verletzt oder verärgert? Das täte mir jetzt aber leid...

Nein, ich bin nicht verärgert. Dazu kennen wir uns schon viel zu lange. Ich überlege nur, warum ich dir das alles sage.

Also bist du doch verärgert; gib es ruhig zu! Vielleicht un petit peu?

Lass dieses schwule Gequatsche!

Aber warum, mein Lieber; ich bin schwul!

Ja, leider! Dafür wirst du einmal in der Hölle schmoren!

Oh, mein Gott; jetzt wirst du aber pathetisch...

Du weißt ja, wie ich es meine.

Und du bist wirklich nicht verärgert?

Ich habe es dir doch gerade eben gesagt: Ich bin nicht verärgert.

Wir können auch aufhören, wenn dir meine Fragen unangenehm oder lästig sind...

Selbstverständlich kannst du mich weiter fragen. Ich habe keine Geheimnisse. Und vor dir schon gar nicht.

Warum hast du immer noch diesen leicht gereizten Ton?

Du nervst! Kannst du jetzt bitte damit aufhören?

Natürlich...

Dann ist es ja gut. Also; was willst du wissen?

Nun, wie deine Herzdame heißt.

Sie heißt Simone und ist etwas jünger als ich.

"Etwas jünger" in Lebensalter ausgedrückt, was kommt da heraus? Oder möchtest du nicht darüber reden?

Du willst wissen, wie alt sie ist? Was spielt denn das für eine Rolle? Natürlich kann ich es sagen. Simone ist dreiunddreißig.

Oho! Das ist dann aber doch ein gewaltiger Unterschied; lass mich rechnen...

Ich kann schon selber rechnen!

Und überhaupt; was ereiferst du dich?

Gut; es sind fünfundzwanzig Jahre Unterschied.

Und das stört dich nicht?

Nein; denn das ist rein physiologisch. Geistig sind wir im selben Alter.

Bei allem Verständnis und der Hochachtung für den Gleichklang und der Stetigkeit eurer inneren Werte; so ist doch der Zustand der äußeren Werte einem unaufhaltsamen Verfall ausgesetzt. Und bei dem gewaltigen Altersunterschied...

Du bist geschmacklos; weißt du das? Ich überlege ernsthaft das Gespräch an dieser Stelle abzubrechen.

Es tut mir leid; entschuldige bitte!

"Es tut dir leid, es tut dir leid..."

Hättest du dir das nicht vorher überlegen können, bevor du mich beleidigt hast? So geht man nicht um mit den Gefühlen anderer Menschen!

Du hast ja recht! Ich habe doch gesagt, dass es mir leid tut.

Und überhaupt! Mit seinem besten Freund macht man das schon gar nicht! Ich würde so etwas niemals machen.

Ich bitte dich noch einmal in aller Form um Entschuldigung!

Ist ja gut; ich nehme deine Entschuldigung an.

Das ist lieb und sehr großzügig von dir; vielen Dank, mein Lieber.

Soll ich dir noch weiter erzählen? Möchtest du?

Auf jeden Fall; ich bitte darum!

In Ordnung! Dann unterbrich mich nicht und unterlasse bitte untergriffige Kommentare.

Versprochen!

Simone ist eine wunderbare Frau. Sie ist warmherzig und völlig offen. Und das, obwohl sie vor ein paar Jahren Schlimmes durchgemacht hat.

Um Gottes Willen; wie das denn?

Entschuldige bitte; ich bin schon still.

Es war ein Autounfall. Ein Siebzehnjähriger ist voll in den Wagen ihrer Eltern hineingefahren. Er hat ihnen die Vorfahrt genommen.

Das ist ja furchtbar...

Hinzu kam, dass er ohne Führerschein fuhr und alkoholisiert war.

Das ist völlig inakzeptabel!

Die Mutter von Simone verstarb auf der Fahrt ins Krankenhaus. Der Vater hat schwerverletzt überlebt; wurde aber zum Pflegefall.

Was für eine Tragödie...

Und meine Simone hat ihn aufopfernd bis zu seinem Tod gepflegt. Vor zwei Jahren ist er an den Folgeschäden des Unfalls verstorben.

Hatte deine Liebste niemand, der ihr in dieser schweren Zeit zur Seite stand? Irgendwelche Verwandte oder einen Freund?

Natürlich hatte Simone eine Beziehung. Sie ist eine wunderschöne und gebildete Frau.

Also hatte sie einen Freund...

Ja natürlich!

Ihr Freund, mit dem sie schon längere Zeit zusammen war, hatte keine Lust mehr Simone mit ihrem Vater zu teilen.

Irgendwie nachvollziehbar; aber dennoch äußerst verwerflich...

Also hat er sie verlassen. Du weißt ja, wie die jungen Männer so sind.

Leider, leider; diese Jugend! Ohne Anstand und Moral...

Sie kann von Glück reden, dass sie jetzt einen Mann wie dich an ihrer Seite weiß.

Das hat doch damit nichts zu tun! Nur weil ich älter und vielleicht reifer bin als so ein junger Schnösel, heißt das noch lange nicht, dass ich auch verlässlicher bin.

Ich dachte, dass das vielleicht der Grund eures Zusammenseins sein könnte...

Nein, das ist nicht der Grund, dass Simone jetzt mit mir zusammen ist!

Jetzt machst du mich aber neugierig! Was ist dann der Grund?

Wir haben uns ineinander verliebt; ganz einfach.

Ach so?

Du trägst deine Skepsis zur Schau wie eine Tunte ihren Körper. Meinst du, ich merke das nicht?

Jetzt tust du mir aber gerade sehr unrecht! Und gemein war das auch.

Entschuldige bitte! Ich bin in dieser Beziehung vielleicht etwas dünnhäutig; tut mir leid!

Mag ja sein, dass ich etwas verwirrt bin; aber mit Skepsis hat das wahrlich nichts zu tun. Also wirklich!

Ist es so unvorstellbar für dich, dass sich Cupido zwei Herzen aussucht und seinen Pfeil auf sie abschießt ohne zu fragen, wie groß der Altersunterschied zwischen den Beteiligten ist?

Nein! Natürlich weiß ich, dass so etwas passieren kann. Ich finde nur, dass es außergewöhnlich ist. Und ich finde es auch schön. Oder gut. Oder wie ich da sagen soll...

Na siehst du! Ich freue mich, dass du das genau so siehst wie ich.

Und seid ihr schon zusammen gezogen?

Nein, wir leben nicht zusammen. Simone wohnt nach wie vor im Haus ihrer Eltern und wo ich wohne, weißt du ja.

Ihr wollt also gar nicht zusammen leben? Oder versteh ich das jetzt falsch?

Doch! Wir werden sicher einen gemeinsamen Hausstand gründen, irgendwann. Aber wir wollen es langsam angehen lassen.

Mich würde schon sehr interessieren, wie Irene aussieht...

Du meinst "Simone" oder?

Ja, natürlich! Bitte, entschuldige; aber das ist alles so aufregend für mich.

Nur Geduld, lieber Freund; alles zu seiner Zeit. Du wirst sie schon noch kennenlernen.

Ich freue mich schon sehr darauf Simone kennen zu lernen!

Es juckt dich schon zu wissen, wie sie aussieht, nichtwahr?

Ja, schon...

Gib es doch zu! Dann zeige ich dir auch ein Bild auf meinem Smartphone.

Hast du denn eines? Dann zeig einmal her!

Na siehst du; war doch gar nicht so schwer. Schließlich kenne ich dich gut genug, oder?

Kannst du es nicht finden?

Geduld, Geduld! ich muss es erst suchen. So gut kenne ich mich noch nicht aus mit diesem Teil.

Ja, ja, die moderne Technik. Ich komme damit ja überhaupt nicht zurecht.

Aha, das ist es schon. Meine Simone, wie sie leibt und lebt. Und liebt; haha!

Hui, die sieht aber toll aus!

Das will ich meinen! Eine rechte Sahneschnitte, wie man heutzutage zu sagen pflegt.

Aber, aber...

Du findest das albern, wenn ich so rede? Hast ja recht; passt irgendwie nicht wirklich zu mir.

Hast du in letzter Zeit wieder einmal etwas von Margarete gehört?

Wieso fragst du mich das gerade jetzt?

Ich denke, ihr habt doch noch Kontakt oder nicht mehr?

Natürlich habe ich zu Margarete noch Kontakt; das weißt du doch. Also frag nicht so blöd! Wir telefonieren regelmäßig seit dem Tag unserer Scheidung.

Ich weiß nur nicht, warum du sie gerade jetzt ins Spiel bringst?

Nichts weiter; nur so...

Nur so? Meinst du, ich müsste sie um Erlaubnis bitten, wenn ich mich neu verliebe? Oder irgendwen anderes?

Nein, natürlich nicht!

Na also; dann rede nicht so dumm!

Und ja, wir haben telefoniert und ich habe ihr von Simone erzählt.

Wie hat sie denn darauf reagiert?

Sie hat es gut aufgenommen und hat mir Glück gewünscht.

Das nenne ich wahre Größe! Einfach fantastisch, diese Frau...

Ja, Margarete ist eine tolle Frau; sie hat einen feinen Charakter. Es ist schade, dass es mit uns nicht geklappt hat.

Warum hat das mit euch denn nicht geklappt?

Das weißt du doch, warum wir uns scheiden lassen haben. Es war wegen Johannes, Margaretes jetzigem Mann.

Hatten die damals eine "amourette"?

Kannst du auch ganz normal sprechen? Ohne dieses warme Gesülze?

Das ist kein warmes Gesülze, mein Schatz, das ist Französisch!

Nenn mich bitte nicht so! Du weißt, ich kann das auf den Tod nicht ausstehen.

Also hatten die beiden eine Affäre. Wie lange hat das denn damals gedauert?

Das hat überhaupt nicht gedauert! Es war eine einmalige Geschichte.

Es passierte auf der Geburtstagsparty von Johannes. Er hat Margarete beschwipst gemacht und dann hat er sie verführt, der Schuft.

Und du hast sie dabei erwischt...

Aber nein; ich habe geschlafen.

Verstehe ich das richtig? Du warst so betrunken, dass du bei der Party eingeschlafen bist?

Nein, du Idiot!

Nana...

Entschuldige bitte! Das ist mir jetzt heraus gerutscht.

Ist schon gut...

Ich war gar nicht auf der Party. Ich bin zuhause geblieben, weil wir uns zuvor heftig gestritten hatten.

Dann hast du Margarete ja förmlich in die Arme dieses Halunken getrieben...

Ganz so würde ich das jetzt nicht sehen wollen; aber gut. So ganz unrecht hast du vielleicht gar nicht...

Sage ich doch!

Ich hätte es wohl gar nicht erfahren, wenn Margarete mir am nächsten Morgen nicht davon erzählt hätte.

Und dann bist zu Johannes gefahren und hast ihn ordentlich verprügelt.

Nein; habe ich nicht!

Aber wieso nicht?

Das wäre unter meiner Würde gewesen.

Stattdessen hast du lieber geschmollt und dich wegen dieses Affen von Margarete getrennt. Warum hast du ihr nicht einfach verziehen?

Das ging nicht!

Und warum nicht?

Ich war damals einfach viel zu verletzt, um ihr verzeihen zu können. Und außerdem war Johannes einmal mein bester Freund.

Und du warst Margarte immer treu, nehme ich an...

Was soll das? Natürlich hatte ich auch so meine Affären.

Und Magarete wusste das, oder?

Ja, ich denke schon. Unsinn! Sie wusste davon...

Wenn du Affären hattest - und ich nehme an, es waren nicht wenige - und Margarete hatte nur einen einzigen "One Night Stand", zu dem du sie ja getrieben hattest, dann hätte sie wohl eher dich verlassen können!

Aber das ist etwas völlig Anderes! Das waren kleine Amouren, völlig ohne Bedeutung und rein auf Sex ausgerichtet.

Haha! jetzt parlierst du ja auch schon Französisch.

Quatsch!

Und im Herzen war ich Margarete immer treu! Vergiss das bitte nicht!

Jetzt machst du es dir aber schon sehr leicht...

Ich mache mir das überhaupt nicht leicht; das verbitte ich mir!

Und überhaupt; ich weiß gar nicht, was du willst? Du als ewiger Junggeselle, du kannst da gar nicht mitreden! So sieht das nämlich aus.

Oje; da ist sie wieder...

Wer? Was meinst du?

Die beleidigte Leberwurst...

Unterstelle mir nicht ständig, ich sei beleidigt! Und nenne mich nicht "beleidigte Leberwurst", sonst können wir das Gespräch auch gleich beenden...

Weißt du, was ich nicht verstehe? Wieso konnte Margarete den Mann heiraten, der sie erst betrunken gemacht und dann sexuell genötigt hatte?

Das verstehe ich selber nicht. Aber Frauen sind wohl so...

Haben die beiden Kinder?

Margarte und Johannes haben keine Kinder. Der Trottel ist doch gar nicht imstande welche zu zeugen!

Aber das liegt doch nicht an ihm! Mir fällt gerade wieder ein, dass Margarete ja unfruchtbar ist; oder liege ich da falsch?

Du musst mich nicht darauf hinweisen, dass Margarete unfruchtbar ist; das weiß ich selber. Sonst wäre ich schon längst Vater einer großen Tochter.

Oder Sohn...

Nein, Tochter - kein Sohn! Ich bin ein typischer Mädchen-Erzeuger; das liegt in meinen Genen.

Interessant...

Vielleicht wäre ich jetzt schon Großvater...

Jetzt kannst du ja mit Simone Kinder zeugen. Pardon, ich meinte "Töchter".

Simone und ich - Kinder? Spinnst du? Weißt du, wie alt ich wäre, wenn das Kind in die Schule käme?

Ja und?

Es wäre dem Gespött der anderen Kinder ausgesetzt und ich den mitleidigen Blicken junger Eltern. Nein, danke!

Ich habe immer geglaubt, die Meinung der anderen sei dir egal...

Natürlich gebe ich nichts auf das Geschwätz anderer Leute; du kennst mich doch!

Hmmm...

Glaubst du mir etwa nicht?

Doch, doch!

Na also!

Nein, nein; hier geht es nur um das Wohlbefinden des Kindes, rein hypothetisch natürlich.

Warst du schon beim Arzt?

Warum sollte ich mich untersuchen lassen?

Na so ein Gesundheitscheck kann ja nicht schaden.

Findest du? Vielleicht hast du ja recht; ich werde auf jeden Fall darüber nachdenken.

In unserem Alter ist die Prostata gern schon einmal eine Diva...

Ach das meinst du. Da brauchst du dir keine Sorgen zu machen; das funktioniert noch tipptopp!

Woher willst du das wissen? Du hattest doch schon sehr lange keine Beziehung mehr...

Hast du wirklich geglaubt, ich habe in den letzten Jahren wie ein Mönch gelebt? Also wirklich...

Hast du Bordelle besucht?

Neugierig bist du ja überhaupt nicht.

Aber um deine Frage zu beantworten, ich hatte es nie nötig für Sex zu bezahlen.

Naja, so taufrisch bist du ja auch nicht mehr, mein Lieber...

Aber immer noch attraktiv! Oder willst du das leugnen?

Nie und nimmer, du Schönling!

Du kannst es einfach nicht lassen. Ich frage mich, wieso wir befreundet sind...

Weil du dich zu mir hingezogen fühlst, mein Tiger!

Das hättest du wohl gern...

Ach was! Du bist überhaupt nicht mein Typ!

Dann ist es ja gut!

Du hast mich doch vorhin freundlicherweise darauf hingewiesen, dass ich ob meiner sexuellen Orientierung in der Hölle schmoren werde.

Ja und?

Hast du das ernst gemeint?

Natürlich nicht!

Himmel und Hölle sind eine Erfindung der Kirche, um ihre Schäfchen gefügig zu machen.

Da bin ich aber froh...

Aber an die Reinkarnation glaube ich schon.

Ist das nicht die Ansicht der Buddhisten?

Stimmt, mein Freund. Du weißt ja richtig Bescheid!

Naja, ein wenig vielleicht. Aber die Kirche lehnt das doch ab oder?

Schon; aber das ist mir völlig egal.

Bist du jetzt ein Buddhist?

Nein! Ich bin ein aus der Kirche ausgetretener Christ, der an die Wiedergeburt glaubt.

Geht das denn überhaupt?

Wie du siehst...

Und als was möchtest du wiedergeboren werden?

Das kann man sich doch nicht aussuchen, du Dummchen; das bestimmt dein vorheriges Leben.

Wie soll ich das verstehen?

Also pass einmal auf:

Du kommst im Laufe deines alten Lebens an bestimmte Weggabelungen, und wenn du da nicht richtig abbiegst, dann wirst du in deinem neuen Leben wieder an diese Gabelung geführt!

Eine zweite Chance, sozusagen...

Ich sehe, du hast das Prinzip verstanden.

Das war ja auch nicht zu schwer...

Was glaubst du, als was ich wiedergeboren werde?

Bei deinem unsittlichen Lebenswandel als Küchenschabe oder Kellerassel.

Ist das dein Ernst?

Natürlich nicht! Ich denke eher an "Paradiesvogel", so wie du dich kleidest...

Ich möchte nicht mehr weiter über dieses Thema reden!

In Ordnung! Über was reden wir dann?

Über Simone und dich! Woher kam dein plötzlicher Sinneswandel im Bezug auf Frauen?

Nun; ich hatte mir nach drei gescheiterten Ehen geschworen meinem Körper weiterhin freien Lauf zu lassen; aber mein Herz unter Verschluss zu halten...

Und weiter?

Dann kam Simone und es ist doch wieder passiert! Ich konnte nichts dagegen tun; ich wollte es auch gar nicht.

Weiter!

Ich habe mich willig diesem wunderbaren Gefühl des Verliebtseins hingegeben, und ich habe es genossen. Sehr sogar!

Hast du denn gar keine Angst?

Nein, Angst habe ich keine. Warum auch...

Die hatte ich auch nicht bei den drei ersten Frauen.

Und dennoch ist es immer schief gegangen...

Trotzdem! Ich bin mir absolut sicher, dass es dieses Mal halten wird; glaube mir!

Aha...

Ich deute dein süffisantes Lächeln nicht als Zustimmung. Und ich weiß wohl, dass ich das jedes Mal gesagt habe.

Aber dieses Mal ist es anders! Du wirst schon sehen...

Weißt du, dass Birgit wieder geheiratet hat?

Was? Birgit hat wieder geheiratet?

Ja! Vor ein paar Monaten schon...

Nein; das wusste ich nicht.

Wen will sie denn dieses Mal unglücklich machen?

Den Baulöwen Ernst Grünwald!

Das nenne ich einen gewaltigen sozialen Aufstieg. Chapeau, liebe Birgit!

Ja, diese Frau weiß eben, was sie will...

Findest du? Ich frage mich noch heute, wie ich es mit dieser Frau solange ausgehalten habe.

Jetzt übertreibst du aber gewaltig!

Das musste jetzt ja kommen. Glaubst du, ich weiß nicht, dass du heimlich in sie verliebt warst?

So ein Blödsinn! Hast du vergessen, dass ich schwul bin?

Nein, habe ich nicht! Ich habe aber auch nicht vergessen, dass du ein Vorleben als Hetero hast.

Das ist schon ewig her...

Du kannst das jetzt stundenlang leugnen; es nützt dir gar nichts.

Und außerdem hat es mir Birgit ja gesagt.

Was?

Na, dass du in sie verschossen warst.

Da hat sie dich wohl belogen, die liebe Birgit...

Natürlich weiß ich, dass Birgit mit der Wahrheit Jojo gespielt hat.

Na also!

Nichts "na also!"

Was dich betrifft, so hat sie sicher nicht gelogen. Und außerdem waren deine begehrlichen Blicke nicht zu übersehen.

Du hast wohl gedacht, ich würde es nicht bemerken.

Pech gehabt, mein Lieber. Ich habe es bemerkt; jawohl.

Alles Unsinn!

Zwölf lange, vergeudete Jahre. Was für eine Verschwendung...

Wenn du damals so sicher warst, dass ich auf Birgit gestanden bin, warum hast du denn nichts gesagt?

Das wundert dich jetzt, mein Lieber, gib es zu!

Ich habe damals deshalb nichts gesagt, weil mir deine Freundschaft wichtiger war als Birgit.

Jetzt beschämst du mich...

Und außerdem war unsere Ehe zu diesem Zeitpunkt noch nicht einmal mehr das Papier wert, auf dem sie beurkundet wurde.

Aber es war doch nicht alles schlecht mit Birgit - oder?

Sicher waren auch ein paar gute Jahre dabei; das will ich gar nicht leugnen.

Aber wenn ich daran zurück denke, was mich die Scheidung von diesem Miststück gekostet hat, dann stellt es mir jetzt noch die Haare auf.

Deswegen musst du sie doch nicht "Miststück" nennen...

Sie war ein Miststück; auch wenn dir das nicht gefallen mag.

Ich weiß nicht...

Irgendwie ist es traurig; findest du nicht auch?

Was genau meinst du?

Na dass die Liebe so flüchtig ist.

Es ist wie mit dem Tabak in einer Pfeife.

Das verstehe ich gerade nicht wirklich. Kannst du mir das bitte näher erklären?

Natürlich kann ich dir das erklären. Ich bin sowieso nicht davon ausgegangen, dass du es verstehen wirst.

Also pass auf!

Du stopfst deine Pfeife mit Tabak...

Dann zündest du sie an...

Jetzt entsteht eine heiße Glut...

Du ziehst immer wieder daran...

Am Anfang häufiger und dann immer weniger...

Und am Ende ist von dem ganzen Tabak nichts mehr übrig...

Verstehst du, was ich damit sagen will?

Keine einzige Silbe...

Wieso nicht; das ist doch ganz einfach!

Dann erkläre es mir noch einmal. Aber dieses Mal so, dass ich es auch verstehen kann!

Ich will es versuchen! Also pass auf:

Der Tabak ist die Liebe und mit jedem Zug wird der Tabak weniger. Ist doch klar - oder?

Das verstehe ich...

Na siehst du; ist doch gar nicht so schwer.

Aber wieso wird die Liebe weniger, wenn der Tabak alle wird?

Mir scheint, du hast es noch immer nicht verstanden!

Nicht so ganz...

Was der Zug an der Pfeife ist, das sind die einzelnen Ehejahre. Und mit dem letzten Zug an der Pfeife ist der Tabak, also die Liebe in Rauch aufgegangen.

Aber jetzt hast du es verstanden...

Ich bin mir nicht so sicher...

Na gut; lassen wir das.

Wollte Birgit eigentlich Kinder mit dir haben?

Nein, Birgit wollte keine Kinder. Sie hatte Angst, dass die Schwangerschaft ihre Figur ruinieren würde.

Schließlich war das ja ihr Kapital.

Im Kopf hatte sie ja nichts anzubieten; aber alles unterhalb des Kopfes war feinste Sahne.

Oh ja! Birgit war schon eine Wucht!

Ich weiß noch, wie wir uns kennen lernten...

Du gerätst ja förmlich ins Schwärmen...

Quatsch!

Glaubst du wirklich, ich hätte noch Gefühle für diese Frau? Ganz sicher nicht!

Wenn du das sagst...

Es war auf dem alljährlichen Ball meiner Altherrenschaft.

Was hatte Birgit denn dort zu suchen?

Sie hat dort serviert.

Lustig! Deine Augen leuchten...

Hör auf mit dem Blödsinn!

Meine Augen leuchten nicht! Du brauscht wohl eine neue Brille, wie mir scheint.

Und wenn du nicht sofort aufhörst zu grinsen, erzähle ich nicht weiter!

Ich hör ja schon auf! Aber lustig ist es trotzdem...

Also wie schon gesagt; Birgit hat damals serviert.

Und was ist dann passiert?

Zwischen uns hat es sofort gefunkt.

Sie hat sich wohl in deine Erscheinung verliebt...

Unsinn! Dass ich der Philister-Senior war, spielte dabei überhaupt keine Rolle.

Naja...

Ich habe diese nach Liebe duftende Rose noch in derselben Nacht gepflückt.

Du Teufelskerl!

Dass sie auch Dornen hatte, sollte ich leider erst nach unserer Hochzeit bemerken...

Meine Eltern, die damals noch lebten, waren "not amused", als ich ihnen Birgit vorstellte.

Das kann ich mir lebhaft vorstellen...

Mein Vater hielt nicht hinterm Berg mit seiner Meinung, und meine Mutter sah mich nur mit ihrem traurigen Blick an...

Arme Mama...

Du weißt ja, aus welchem Stall ich stamme:

Mein Vater - Landgerichtspräsident und meine liebe Mutter - Tochter des Vorstandes vom Rochus-Klinikum.

Du hättest vielleicht auf deine liebe Eltern hören sollen; sie haben es sicher gut gemeint...

Glaubst du wirklich, dass du an meiner Stelle auf die Eltern gehört hättest? Niemals!

Ich weiß nicht; vielleicht doch?

In der Nähe dieser Frau hüpfte nicht nur mein Herz vor Freude und Erregung; da hüpfte noch etwas ganz anderes mit...

Du meinst sicher deinen "kleinen Freund", du Schlingel...

Natürlich, was sonst! Und darauf hätte ich damals um keinen Preis verzichten wollen.

Hat dir das damals nichts ausgemacht?

Was meinst du?

Das mit deinen Eltern...

Doch! Darunter habe ich sehr gelitten.

Dass meine Eltern der Hochzeit fernblieben, hatte ich erwartet. Aber dass mir der Vater das Haus verbot, war dann doch eine Überraschung.

Das ist schon sehr hart! War denn da gar nichts zu machen?

Nein! Mutter hatte es zwar nicht gebilligt; aber sie hätte sich nie erlaubt sich gegen den Entschluss meines Vaters zu stellen.

Deine Eltern waren halt noch vom alten Schlag!

Da hast du Recht! Das war halt noch eine andere Generation mit Werten, mit denen wir heutzutage nichts mehr anfangen können.

Leider, leider! Schade, dass es das heute nicht mehr gibt...

Ich weiß nicht; es würde wohl in unserer Zeit nicht mehr funktionieren.

Meinst du?

"Tempora mutantur!", wie der Lateiner sagt.

Und was heißt das? Du weißt doch, dass ich kein Latein kann.

"Tempora mutantur, nos et mutamur in illis!" ist ein Hexameter und heißt übersetzt: "Die Zeiten ändern sich, und wir ändern uns in ihnen!"

Vielen Dank für die Übersetzung!

Bitte sehr!

Hast du dich irgendwann später mit deinem Vater versöhnt?

Nein; soweit ist es nie gekommen. Vater verstarb, bevor wir uns versöhnen konnten.

Das ist sehr bedauerlich...

Ich habe es immer wieder versucht; aber der alte Herr lehnte es strikt ab sich mit mir an einen Tisch zu setzen.

Hattest du wenigstens Kontakt mit deiner Mama?

Mit Mutter habe ich mich regelmäßig getroffen. Heimlich, versteht sich. Nachmittags in einem Caféhaus. Sie hat sehr unter dem Zerwürfnis gelitten...

Dein Vater hat davon aber nichts mitbekommen oder?

Doch, doch! Ich bin überzeugt davon, dass Vater von unseren ominösen Treffen wusste. Er billigte es, weil sein Gesicht ja gewahrt geblieben ist...

Und es wäre ihm wohl nie in den Sinn gekommen der Mutter zu verbieten ihren Sohn zu treffen.

Irgendwie komisch, das Ganze...

Ja und nein! Er war ja kein hartherziger oder böser Mensch. Er war ein Gefangener seiner Erziehung und seiner Zeit.

Warst du auf der Beerdigung deines Vaters oder wusstest du gar nicht, dass er verstorben war?

Doch, ich war dabei.

Mutter hatte mich darum gebeten, und ich war ihr sehr dankbar dafür.

Das klingt ja sehr versöhnlich.

Sie hat mich - was an und für sich naheliegend gewesen wäre - auch nicht aufgefordert dem Begräbnis ohne Birgit beizuwohnen.

Eine feine Frau, deine Mama...

Aber ich hätte das sowieso selber nicht gewollt und das Bedürfnis von Birgit, dem verhassten Schwiegervater die letzte Ehre zu erweisen, war nicht vorhanden.

Deine Mama ist aber auch schon gestorben oder?

Ja, drei Jahre später.

Ich habe mich ja, kurz nach Vaters Tod, von Birgit scheiden lassen und bin in die Villa gezogen, damit Mutter nicht allein war...

Das war ein edler Zug von dir; meine Hochachtung!

Das sehe ich nicht so.

Aber ich schon!

Wie du glaubst. Aber mit Edelmut hat das wirklich nichts zu tun.

Ich sehe das vielmehr als eine Selbstverständlichkeit an. Oder auch als einen Akt von Respekt und Achtung gegenüber meiner Mutter.

Mein Gott!

Was ist?

Ich sehe ganz deutlich einen Heiligenschein über deinem Haupt schweben...

Jetzt werde bitte nicht zynisch; das passt nicht!

Das ist doch nur ein Scherz, mein Lieber...

Wenn ich auch viel falsch gemacht habe in meinem Leben; ein Rest von Ehre spüre ich sehr wohl noch in mir!

Ist ja gut! Aber sage mir, wie lang bist du bei deiner Mama geblieben?

Bis zu ihrem Tod!

Ich bin dann aus der Villa ausgezogen; zu viele Erinnerungen...

Verstehe ich gut. Was hast du dann gemacht?

Nun, ich hatte ja noch meine Stadtwohnung. Dort habe ich mein Leben neu sortiert.

Und hast du dann Damen wieder in dein Leben hinein gelassen?

Frauen?

Ja, die gab es. In großer Zahl sogar!

War auch etwas Festes dabei?

Nein! An einer festen Beziehung hatte ich überhaupt kein Interesse.

Immer noch dein verletztes Ego?

Ja, wohl deshalb!

Birgit hatte eine zu tiefe Wunde hinterlassen.

Das verstehe ich nicht wirklich! Du wusstest doch von Anfang an, dass Birgit keine Heilige war...

Natürlich wusste ich um die Beschaffenheit ihres Charakters; aber dennoch...

Eben! Und trotzdem konnte sie dich so verletzen. Warum?

Dräng mich bitte nicht!

Ich dräng dich doch gar nicht! ich würde es nur gern verstehen...

Es ist nicht so einfach darüber zu reden. Nach so langer Zeit...

Das verstehe ich doch, mein Lieber. Und wenn du nicht möchtest...

Birgit und ich hatten eine Art Abmachung.

Sie hatte ein finanzielles Pouvoir, über das sie verfügen konnte, und ansonsten ließen wir uns jegliche Freiheit.

Jede Freiheit?

Ja! Auch sexuell.

Aber Hallo!

Bist du jetzt geschockt?

Ein wenig schon; wenn ich ehrlich sein soll...

Mein armer Freund! Da glaubt man einen Menschen zu kennen und dann so etwas...

Naja; das ist ja nicht alltäglich oder?

Natürlich ist das nicht normal; aber bei uns war das nun einmal so; basta!

Wie hat das denn funktioniert; ich meine...

Das interessiert dich jetzt aber sehr; nichtwahr?

Natürlich interessiert mich das. Und vor allem, warum habt ihr euch dann scheiden lassen?

Du willst wissen, warum?

Das macht doch gar keinen Sinn - oder?

Zumindest für mich keinen erkennbaren...

Ich erkläre es dir, mein Freund.

Da wäre ich dir sehr dankbar.

Dieses Arrangement hielt solange, bis Birgit den Bogen überspannte.

Wie das?

Sie kam nächtelang nicht nach Hause, und wenn sie dann kam, dann meist in einem desolaten Zustand.

Birgit hatte jeden Halt verloren. Sie war ihrem "Meister" begegnet; will sagen, einem Subjekt, das in Verkommenheit und Verderbtheit weit über meinem Eheweib stand.

Du meine Güte...

Sie war ihm völlig verfallen, und als sie mich um eine größere Summe anbettelte, lief das Fass über.

Jetzt versteh ich alles. Und deshalb hast du dann die Scheidung beantragt.

Genau! Ihr Liebster hatte sie für den Scheidungstermin bestens vorbereitet.

War er Anwalt oder so?

Nein; aber er war mit allen Wassern gewaschen.

Sie erschien feinst gewandet und in Begleitung eines windigen Advokaten, der wusste, wo der Hebel anzusetzen war.

Mir blieb also nur noch übrig der unverschämt hohen Summe für eine Abfindung zuzustimmen, um mich von diesem üblen Anhängsel zu befreien.

Das ist wahrlich starker Tobak!

Danach war mein Pegel - den Wunsch auf eine erneute feste Beziehung betreffend - auf null gefallen. Und er sollte sich auch lange Zeit nicht mehr davon erholen...

So, jetzt brauche ich erst einmal etwas zu trinken.

Oh ja; das ist eine sehr gute Idee!

Whisky oder Cognac?

Whisky; wenn es recht ist.

Was für einen?

Scotch oder Single Malt?

Mir schwebt ein feiner Single Malt vor, mein Lieber.

Den nehme ich auch.

Vielen Dank und auf deine Gesundheit!

Zum Wohl, mein Freund!

Es geht doch nichts über ein Glas guten Whisky.

Es ist total verrückt. Jetzt sitze ich hier mit dir und erzähle dir von meinem Liebesleben.

Mir gefällt es; es ist total spannend.

Und soll ich dir etwas sagen? Es tut mir richtig gut.

Auf unsere Freundschaft!

Liane war deine nächste feste Beziehung. Liege ich da richtig?

Genau! Dann kam Liane...

Die blonde Versuchung, die sich von Ast zu Ast schwingt...

Haha! Du meinst den Film mit Marion Michael!

Du erinnerst dich?

Na klar! Wie hieß doch gleich noch einmal der Filmtitel?

"Liane, das Mädchen aus dem Urwald".

Ja, genau!

Hast du den Film damals auch gesehen?

Logisch!

Dachte ich mir; den wollten alle jungen Männer sehen. Der erste Film-Nackedei nach dem Krieg.

Das hat damals richtig Staub aufgewirbelt; ich kann mich noch gut erinnern...

Was meine Liane betrifft, so kam sie weder aus dem Urwald noch hatte sie langes, blondes Haar wie Marion Michael.

Sie war schwarzhaarig!

Schau an, daran erinnerst du dich?

Als wäre es gestern gewesen!

Der Busen dieser Schauspielerin waren ja eher zwei Wespenstiche in Brusthöhe.

Das ist geschmacklos!

Ach was!

Meine Liane war da schon ein anderes Kaliber.

Dass du Frauen immer auf diese Dinge reduzieren musst...

Ja, und?

Da ist doch nichts dabei. Ich bin nun einmal ein Busenfetischist. Und ich stehe auch dazu!

Ja schon; aber...

Nichts aber! Der weibliche Busen ist einfach etwas Wunderschönes.

Der Busen ist per se weiblich!

Alter Besserwisser!

Ich weiß, dass das ein "weißer Schimmel" ist bzw. ein Pleonasmus, wie der Gebildete sagt.

Musst du wieder deine Lateinkenntnisse heraushängen lassen?

Vergiss nicht, dass ich studiert habe, im Gegensatz zu dir.

Geht dir jetzt einer ab, nachdem du mir wieder einmal meine Ungebildetheit so deutlich vor Augen geführt hast?

Jetzt sei nicht gleich beleidigt. So habe ich das doch gar nicht gemeint.

Wie denn; wenn ich fragen darf?

Na so halt...

Was heißt das denn: "Na so halt"?

Mein Gott! Jetzt mache doch aus einer Mücke keinen Elefanten!

Das ist weder eine Mücke noch ein Elefant. Das ist einfach nur gemein von dir.

Ach was! Gib mir lieber dein Glas, damit ich die Luft heraus lassen kann.

Und dann ist alles wieder gut?

Natürlich!

So geht man nicht mit Freunden um...

Du hast ja recht; Entschuldigung! Auf die Freundschaft!

Wir sind doch noch Freunde; oder?

Das weißt du ganz genau, du schlimmer Bube!

Na siehst du...

Dann erzähle jetzt aber auch weiter von Liane.

Mach ich gleich; sei nicht so ungeduldig!

Wie hast du sie eigentlich kennengelernt?

Liane war die Tochter eines älteren Freundes.

Erich Baumann; richtig?

Richtig.

Habt ihr eigentlich noch Kontakt? Du und Erich?

Nein.

Wann ist der Kontakt denn abgebrochen?

Eigentlich nach der Scheidung von Liane und mir. Ist aber auch nicht so wichtig.

Und wie hast du Liane kennengelernt?

Anlässlich eines runden Geburtstages von Erich.

Der wievielte war das denn?

Was interessiert dich das? Das ist doch völlig unerheblich. Ich glaube, es war der vierzigste oder fünfzigste. Erich war ein später Vater; es könnte sein Fünfziger gewesen sein...

Und da hast du dich in Liane verliebt...

Ja! Es hat bei mir eingeschlagen wie der Blitz.

Mein Gott! Wie romantisch...

Ein junges Wesen, tolle Figur, charmant und gebildet kam auf mich zu und blitzte mich mit ihren dunklen Augen an.

Und was war mit deinen Skrupeln holder Weiblichkeit gegenüber?

Die habe ich im selben Augenblick über Bord geworfen.

Wie war das nur möglich?

Meine guten Vorsätze wurden durch Lianes Erscheinen förmlich pulverisiert.

Und du warst dieser Frau von Anbeginn an verfallen...

Ja, das kann man sagen. Liane zog schon nach kurzer Zeit bei mir ein. Mir konnte es gar nicht schnell genug gehen.

Und was sagte dein Freund dazu?

Erich?

Ja!

Nun, der war zunächst einmal stocksauer und unverzeihlich mir gegenüber.

Warum? Hat er dir nicht getraut oder wollte er sein Töchterlein nicht hergeben?

Ich habe des Öfteren versucht ihn von meinen redlichen Absichten zu überzeugen; aber all meine Argumente prallten an ihm ab wie Wasser.

Haben deine Argumente nicht gefruchtet?

Nein! Und irgendwann habe ich es dann aufgegeben...

Das ist schade, wenn eine Freundschaft durch so etwas zerbricht...

Naja, es lag ja irgendwie auf der Hand. Erich war schließlich ihr Vater.

Hat dich das nicht sehr belastet?

Nein, das war für mich kein Problem. Ein Tag in der Woche gehörte Liane und Erich und die restlichen waren für mich reserviert.

Aber wenn das so gut funktioniert hat, warum hat dann diese Beziehung wieder nicht gehalten?

Das will ich dir sagen! Schon ein gutes Jahr nach unserer Hochzeit musste ich die mir zugedachten Tage mit einem jüngeren Herrn teilen.

Wie hieß der Nebenbuhler?

Frank! Aber das tut nichts zur Sache. Diesen Herrn kennst du nicht. Ich kannte ihn übrigens auch nicht.

Und wie hat Liane diesen Frank kennengelernt?

Beim Tennisspielen!

Aber du spielst doch gar nicht Tennis...

Dafür Frank umso besser...

War eigentlich Erich bei eurer Hochzeit dabei?

Wo denkst du hin? Erich kam damals natürlich nicht zu unserer Hochzeit. Er hat noch nicht einmal gratuliert.

Hat das Liane nicht sehr verletzt?

Natürlich hat das wehgetan. Jedes junge Mädchen träumt davon von ihrem Vater zum Altar geführt zu werden.

Ob das nicht vielleicht dazu beigetragen hat, dass es nicht funktioniert hat mit Liane und dir?

Es ist gut möglich; daran habe ich noch gar nicht gedacht!

Siehst du...

Vielleicht gab es bei der kirchlichen Trauung schon einen ersten, feinen Riss in unserer Beziehung.

Oder es war ganz einfach die Strafe für dein bisheriges Lotterleben...

Das ist jetzt aber nicht nett von dir!

Was heißt hier "nicht nett"? Du hattest doch ständig irgendwelche Affären neben deinen jeweiligen Beziehungen. Stimmt das etwa nicht?

Natürlich stimmt das. Die eine oder andere Affäre gab es schon.

Die Katze lässt halt das Mausen nicht...

Du findest das wohl in Ordnung und auch noch lustig...

Nein; das tu ich nicht!

Aber es ist doch wohl immer noch ein Unterschied, ob ein Mann oder eine Frau...

Das ist doch völliger Blödsinn!

Das ist kein Blödsinn! Und pass auf, was du sagst!

Siehst du; jetzt wirst du schon wieder aggressiv.

Nein, ich bin nicht aggressiv!

Du musst verstehen, es liegt nun einmal in meiner Natur. Und dafür kann ich nichts...

Hast du später einmal versucht die Angelegenheit mit Erich wieder gerade zu rücken?

Habe ich! Nach der Scheidung; aber Erich blieb stur. Da war einfach nichts zu machen.

Ist dir je der Gedanke gekommen, du könntest sexsüchtig sein?

Spinnst du jetzt total? Ich bin doch nicht Michael Douglas!

Was hat der denn damit zu tun?

Vergiss es!

Nur weil ich auf Frauen stehe, bin ich noch lange nicht sexsüchtig!

Ich habe einmal gelesen, dass man sich selbst nicht so sieht, wie man wirklich ist.

Was heißt das nun schon wieder: "Man sieht sich selbst nicht".

Naja; dass die eigene Wahrnehmung irgendwie verschoben ist oder so...

Ich glaube, in deinem Oberstübchen hat sich etwas verschoben!

Soll ich vielleicht zum Psychiater gehen; deiner Meinung nach?

Vielleicht ja gar keine so schlechte Idee...

Und der stellt dann fest, dass ich sexsüchtig bin und weist mich in die Klapse ein; vielen Dank!

Warum musst du immer so maßlos übertreiben?

Ach so? Jetzt übertreibe ich auf einmal?

Ja; das tust du!

Weißt du was? Wir lassen das Ganze jetzt; es wird mir echt zu blöd!

Kann es sein, dass ich gerade einen Nerv bei dir getroffen habe?

Das ist der Gipfel! Du schreckst doch wirklich vor nichts zurück!

So beruhige dich doch erst einmal und gieße mir lieber noch einen Whisky ein.

Erst beleidigst du mich, und dann soll ich dir noch einen Whisky einschenken?

Aber ja, mein Lieber. Um der alten Zeiten willen...

"Um der alten Zeiten willen" - soso...

Ja doch!

Na gut, du hast ja recht.

Siehst du...

Wir werden uns doch nicht ob der holden Weiblichkeit in die Haare kriegen. Unsere Freundschaft ist viel wichtiger.

Das ist ein Wort!

Auf die Freundschaft!

Auf die Freundschaft!

Hast du Pläne? Ich meine im Hinblick auf dich und Simone...

Pläne?

In meinem Alter hat man es nicht mehr so mit dem Pläneschmieden.

Aber heiraten wirst du Simone schon oder?

Natürlich werden wir heiraten!

Das freut mich für dich, mein Lieber!

Wir werden heiraten mit allem, was dazu gehört. Inklusive Hochzeitsreise.

Steht denn der Hochzeitstermin schon fest?

Nein, einen Termin haben wir noch keinen.

Und außerdem muss ich ihr erst noch einen Antrag machen.

Wäre es vielleicht nicht sinnvoller erst einmal eine Weile ohne Trauschein zusammen zu leben?

Das kommt für mich nicht infrage!

Und warum nicht?

Weil ich die Dinge gern geordnet sehen will.

Ich meine nur. Du hast ja keine Garantie, ob es dieses Mal für immer sein wird...

Natürlich gibt es keine Garantie. Im Leben gibt es für nichts eine Garantie. Zumindest nicht für das Zusammenleben zweier Liebenden.

Genau das meine ich...

Ganz abgesehen davon, bin ich mir absolut sicher, dass es dieses Mal halten wird!

Was macht dich da so sicher?

Das will ich dir gern erklären: Es ist ein Gefühl tief drinnen in mir. So etwas hatte ich noch niemals zuvor.

Ja dann...

Die Beziehung mit Simone ist etwas ganz Besonderes.

Inwiefern, wenn ich fragen darf?

Zum ersten Mal sind es nicht die Äußerlichkeiten, die uns zusammen geführt haben sondern die inneren Werte.

Aha...

Das Grinsen kannst du dir wieder abschminken!

Also ist es vollkommen unerheblich, dass Simone so eine hübsche Erscheinung ist...

Natürlich nicht! Ich würde lügen, wenn ich sagte, dass Simones Aussehen mir gleichgültig ist.

Das dachte ich mir...

Aber es ist nicht vordergründig; glaube mir bitte!

Wenn du es sagst...

Lass uns auf dieses Wesen trinken, das dich so verzaubert hat!

Das ist lieb von dir; danke für diese nette Geste!

Auf Simone!

Auf meine Liebste!

Wie sieht es mit Kindern aus?

Ich habe bisher noch nicht mit ihr darüber geredet.

Das ist doch das Wichtigste für jede Frau!

Glaubst du?

Na sicher!

Also, wie ich schon sagte, ich möchte keine Kinder. Und Simone hat ja auch im Blick, dass ich schon so alt bin.

Das mag schon sein; aber das schließt nicht automatisch aus, dass Simone trotzdem den Wunsch nach einem oder mehreren Kindern hat...

So habe ich das noch gar nicht gesehen. Du könntest durchaus recht damit haben.

Das wäre dann aber ein gewaltiges Problem für mich...

Inwiefern?

Sage ich NEIN, verliere ich vielleicht meine Liebste, sage ich JA, bekommt das Kind einen Tattergreis zum Vater.

Du übertreibst schon wieder...

Naja, rechne bitte aus, wie alt ich wäre, wenn das Kind in die Schule käme.

Lass mich einmal nachrechnen...

Und berücksichtige dabei, dass wir erst noch heiraten müssen, dass Simone schwanger werden muss, und am besten gleich in der Hochzeitsnacht.

Wieso werde ich den Eindruck nicht los, dass du grundsätzlich keine Kinder möchtest?

Dass ich bisher keine Kinder habe, hat nichts damit zu tun, dass ich keine Kinder wollte.

Soll das heißten du magst Kinder?

Ich glaube schon, dass ich Kinder mag.

Aber so ganz sicher bist du dir nicht!

Wie meinst du das: "Ich bin mir nicht ganz sicher"...

So wie ich es gesagt habe.

Wie kann ich mir ganz sicher sein?

Du musst doch wissen, ob du dir vorstellen kannst Vater zu werden oder zu sein.

Ich weiß es doch nicht!

Ich hatte ja bisher recht wenig mit dieser Spezies zu tun.

Aber wie Kinder aussehen, weißt du schon...

Natürlich, du Dummkopf! Meine Schwester hat Kinder; zwei sogar.

Sieh an!

Zwei Buben; glaube ich...

Nein, warte! Es sind zwei Mädchen; oder doch Buben?

Du weißt noch nicht einmal, ob du Onkel oder Tante bist?

Sehr witzig! Und das sagt ausgerechnet eine Tunte...

Du wirst schon wieder gemein...

Ach was! Ich bin mir nur nicht sicher, weil ich keinen Kontakt zu Vera habe.

Warum regst du dich denn so auf?

Ich rege mich nicht auf!

Aber natürlich regst du dich auf!

Nein! Ich finde es nur ungeheuerlich, dass du mir unterstellst, ich würde keine Kinder mögen!

Das mache ich doch gar nicht!

Und wieso hast du keinen Kontakt zu deiner Schwester?

Es liegt nicht an Vera, dass wir keinen Kontakt haben. Es hat mit Georg zu tun, ihrem Trottel von Ehemann.

Erzähle! Was ist mit Veras besserer Hälfte?

Ach, das sind alte Kamellen; Schnee von gestern...

Ist es denn so schlimm?

Eigentlich nicht! Aber wenn es dich so brennend interessiert, kann ich es dir ruhig sagen.

Du tust gerade so, als würde ich vor Neugier platze; aber das stimmt nicht. Du solltest mich besser kennen!

Eben deshalb!

Was heißt das denn schon wieder?

Nichts! Also höre zu!

Als Mutter verstorben war, drängte Vera mich darauf sie auszuzahlen. Die Villa stand ihr zur Hälfte zu laut Testament.

Und wo liegt da jetzt das Problem?

Ich hatte vor die Villa zu behalten und zu vermieten. Aber Vera ließ nicht mit sich handeln.

Erbauseinandersetzungen sind meistens eine scheußliche Angelegenheit und verlaufen nur selten zivilisiert...

Mir war wohl bewusst, dass Georg hinter all dem stand; aber ich hätte erwartet, dass Vera das nicht auch noch unterstützt...

Ja, ja, die berühmte Hörigkeit mancher Frauen ihren Männern gegenüber!

Das heißt, du musstest die Liegenschaft verkaufen...

Nein, die Villa wurde nicht verkauft. Ich habe damals mein gesamtes Aktienpaket verkaufen müssen, um Vera auszahlen zu können.

Jetzt ist mir klar, warum ihr euch überworfen habt...

Seit dieser Zeit sind wir geschiedene Leute, und ich habe nicht vor das jemals wieder zu ändern.

Könnte da nicht die Altersmilde ein Mittel zur Versöhnung sein? Du wirst ja schließlich nicht jünger, mein Lieber!

Das hat mit dem Alter nichts zu tun. Tatsachen bleiben nun einmal Tatsachen, und sie verändern ihren Stellenwert auch nicht, nur weil man ein wenig in die Jahre gekommen ist...

Das musst du wissen! Aber vielleicht denkst du ja noch einmal in Ruhe darüber nach...

Vielleicht...

Doch zurück zu Simone. Was wirst du machen, wenn sie dich mit einem Kinderwusch konfrontieren sollte?

Ich weiß es nicht! An die Tatsache, dass Simone von einem Kinderwunsch beseelt sein könnte, habe ich nie gedacht.

Das überrascht mich schon ein wenig...

Du hast mich gerade erst darauf gebracht.

Ich befinde mich dadurch in einem schrecklichen Dilemma: Ich will keine Kinder, und ich möchte Simone auf gar keinen Fall verlieren!

Dann lasse dich schnell sterilisieren, bevor sie dich eventuell danach fragt!

Das ist nicht dein Ernst, oder?

Warum nicht?

Eine heimliche Sterilisation?

Ja! ich finde, das ist doch eine prima Idee!
Abgründe tun sich mir auf! Du schlägst mir allen Ernstes vor, mich heimlich sterilisieren zu lassen, um

der potentiellen Gefahr einer Vaterschaft zu entfliehen?

Was alterierst du dich so? Ich wollte dir doch nur helfen.

Du stellst gerade unsere Freundschaft sehr infrage!

Wieso? Ich verstehe dich nicht!

Wie kannst du annehmen, dass ich bereit sein könnte, die Frau, die mir alles ist, so zu hintergehen?

Aber, du musst doch zugeben, dass das die Lösung deines Problems sein könnte.

Schämst du dich denn gar nicht?

Dafür sehe ich keinen Grund.

Ich überlege, ob ich dir nicht unsere Freundschaft aufkündigen und dich hinaus werfen soll!

Das wird nicht nötig sein. Ich gehe von selber!

Dann geh doch!

Ich glaube, es hat geläutet!

Tatsächlich; jetzt habe ich es auch gehört.

Willst du nicht nachsehen gehen?

Doch!

Entschuldige mich bitte, ich gehe nur schnell, um die Tür zu öffnen!

Natürlich!

Guten Abend, mein Liebling!

Guten Abend!

Liebling, darf ich dir meinen besten Freund Waldemar vorstellen?

Guten Abend, Waldi!

Guten Abend, mein Hase!

Was hat das zu bedeuten?

Ihr kennt Euch?

Ja, schon sehr lange!

Seid ihr befreundet?

So würde ich das nicht nennen...

Wie denn?

Wir lieben uns!

Waas? Das geht doch gar nicht!

Und warum nicht?

Weil du schwul bist!

Diese Phase habe ich schon vor langer Zeit abgelegt. Ich bin jetzt ein überzeugter Hetero - dank Simone!

Ich verliere den Verstand!

Das Bisschen?

Du vergisst, dass ich studiert habe und du nicht!

Das weiß ich doch, mein Freund. Aber wie es scheint, nur unnützes Zeug.

Wie meinst du das?

Ich meine, dass du dich im Lateinischen ganz toll auskennst; aber von den Dingen des Lebens überhaupt keine Ahnung hast!

Sage mir nur eines, Simone: "Was ist es, das diesen hinterhältigen Schuft über mich stellt?"

Ganz einfach, lieber Georg. Er will mit Freuden der Vater meiner Kinder sein!

Wie habt ihr euch überhaupt kennengelernt?

Weißt du das nicht mehr? Du hast mir doch von deinem Freund Waldemar, dem schwulen Trottel, erzählt!

So habe ich Waldemar sicher nicht genannt!

Oh doch; das hast du!

Und das hat mich neugierig gemacht. Ich wollte diesen Mann unbedingt kennenlernen.

Und als ich ihn kennengelernt habe, wurde mir bewusst, dass eigentlich du der Trottel bist, mein Lieber!

Und jetzt entschuldige uns bitte; wir haben noch eine Verabredung mit dem Standesamt.

Vielen Dank für den Whisky und das Gespräch; es war wirklich sehr unterhaltsam!

Wir schicken dir dann eine Einladung zu unserer Hochzeit. Du wirst doch kommen, mein Lieber oder?

****